디 어 부 산

DEAR
BUSAN

디어 부산

김성용 포토에세이

서문

I love Busan, We love Busan!

　해양으로 열린 도시, 부산을 좋아하는 사람들이 해마다 늘고 있습니다. 계절과 상관없이 광안리나 해운대 등지에서 여행용 가방을 든 국내외 관광객을 갈수록 많이 만나게 된다는 사실이 이를 증명합니다.

　대도시 부산의 진가는 그동안 많이 가려지고 잘 알려지지 않았다고 할 수 있습니다. 대한민국 제2의 도시지만 수도 서울의 그늘에 가려 언제나 지방 도시 중의 하나로 치부되기 일쑤였으며, 뭔가 부족하고 아쉽고 낙후된 느낌이 부각되었기 때문이기도 합니다.

　산과 바다, 그리고 강을 품고 있는 도시는 세계적으로도 그리 많지 않습니다. 부산은 특히 아름다운 현수교인 광안대교를 비롯해서 마린시티, 영화의전당 등 도시의 멋을 한껏 살린 볼거리가 풍성해서 관광객들을 더욱 유혹하고 있다고 봅니다.

　이렇듯 부산이 아시아뿐만 아니라 유럽의 여러 나라와 미국 등에까지 잘 알려지고, 가고 싶은 여행지의 하나로 부상한 것을 보면서 부산에서 태어나고 자란 부산 사람으로서 큰 자긍심을 느끼기도 합니다.

스마트폰으로 찍은 사진을 어디서나 공유할 수 있고, 유튜브나 SNS 등 다양한 소셜미디어에서 다른 사람이 찍은 사진을 쉽게 들여다 볼 수 있는 시대에 부산의 아름다움이나 멋과 맛으로 가득한 현장을 직 간접적으로 보고 느끼는 것은 더 이상 어려운 일이 아닙니다.

누구나 사진작가가 될 수 있는 시대. 아름다운 곳이나 멋진 광경을 보면 누구나 스마트폰을 꺼내 들고 사진을 찍으며 지인들과 공유할 수 있는, 바야흐로 우리는 '사진의 시대'를 만끽하며 살아갑니다. 관광지나 유명한 곳을 가면 아예 포토존이라는 곳을 만들어 고민하지 않고 멋진 추억을 담을 수 있도록 도와주고 있는 경우도 심심찮게 볼 수 있습니다.

필자가 처음으로 사진 책을 내고 싶다고 욕심을 부린 것은 7, 8년은 더 된 듯합니다. 사진을 제대로 배운 적도 없을뿐더러 사진작가라는 직 업과는 거리가 먼데도 이런 생각을 하게 된 것은, 방송기자로 30년간 일 을 하고 퇴직을 한 뒤 스마트폰으로 찍은 우리 부산의 아름다운 모습을 지인들에게 공유하면서 시작되었습니다. 그 사진들에 대해 적지 않은 사람들이 공감을 표현하고 격려의 글이나 말을 계속해서 보내 준 것입 니다.

주변 사람들의 응원 속에 더 재미있게 찍다 보니 적지 않은 사진을 저장하게 되었고 어느덧 저장 공간이 부족할 정도로 쌓여 이를 정리할 겸 포토에세이 형식의 책을 내게 되었습니다.

짧지 않은 시간 동안 사진을 찍고, 하늘과 바다 그리고 구름이 그려내는 장면들이 순간순간 변모하는 것을 지켜보면서 사진을 왜 찰나의 예술이라 하는지 자주 체감했습니다. 그래서 지금도 꽃이나 나무나 숲 등이 그리는 멋진 모습을 보면 마치 순간을 놓치지 말라는 신호 같다는 착각에 빠져 사진으로 기록을 남기고 있습니다.

전문 사진작가의 작품이 아니라 누구라도 찍을 수 있는 스마트폰 사진이다 보니 필자가 사는 광안리와 남천동 일대의 모습이 큰 비중을 차지한다는 점은 아쉬움으로 남습니다. 이번에 다 담진 못한, 부산의 또 다른 아름다운 모습은 다음 기회에 더욱 멋진 모습으로 소개하겠다고 조심스럽게 약속해 봅니다.

사진을 찍는 것과 책으로 만들어내는 것은 또 다른 창작의 영역으로 느껴져서 조바심이 들었습니다. 마치 도공이 도자기를 빚어 가마에 넣고 1,300도의 높은 불에서 구워지는 과정을 기다리는 기분이라고 할까요?

그러한 과정 때문에 출판사는 이 책을 만들기 위해 일반 단행본을 만들 때와는 다른 노력을 더 기울였을 것으로 생각합니다. 이에 호밀밭 출판사 장현정 대표에게 감사하다는 뜻을 마음 깊이 전합니다. 그리고 구성부터 편집까지 세심하게 정성을 기울인 박정은 편집기획팀장에게 감사하다는 말씀을 지면으로 꼭 남기고 싶습니다.

　　부족한 점이 많은 작품이지만 애정 가득 담은 마음을 살피며, 부디 많은 사람들이 부산을 사랑하는 마음으로 감상해주시길 부탁드립니다.

2023년 가을
남천바다로 22번길
펌프하우스(Pump House)에서
김성용

일러두기

이 책에는 저자의 생활 터전인 광안리 일대를 비롯한 부산의 모습이 담겨 있다.
책으로 엮는 김에 다른 지역 나들이에서 남긴, 아껴둔 사진 몇 장을 함께 실었다.

목 차

Part I

Energetic Busan

겨우내
두꺼운 옷을 입고 있던
워싱턴 야자수가
봄이 가고 장마철 비를 맞아
싱싱하게 자랐다.
고마운 풍경이다.

수영구 광안리해수욕장
Gwangalli Beach, Suyeong-gu

수영강
Suyeonggang

수영 강변은 자주 가는 산책코스로

이날 강물 위에는 파란 하늘과 흰 구름이

아름다운 그림을 그려 놓았다.

어딘가로 빨려 들어가듯 흐르는 구름.

신비롭게 흐르는 그 모양에서

고흐의 '별이 빛나는 밤에'가 떠오르는 것은

나만의 착각일까?

수영구 민락동
Millak-dong, Suyeong-gu

마린시티 아래로 요트들이
정박해 있는 것을 보면
부산은 분명
세계 어디에 내놓아도 손색없는
자랑스럽고 멋진 도시이다.

해운대구 우동 수영만 요트경기장
Suyeongman Bay Yachting Center, U-dong, Haeundae-gu

해운대구 우동 부산시립미술관 이우환공간
Space LeeUfan, U-dong, Haeundae-gu

구름이 멋스럽게 떠 있고
한 폭의 멋진 그림이 건물 유리창에 그려졌다.
작가가 직접 건물을 디자인했다고 하는데
어떻게 이런 그림들을 상상했는지 궁금하다.

폐공장을 복합 문화공간으로 리모델링 해
전국적으로 주목받고 있는 옛 고려제강 F1963.
회장님이 대나무에 각별한 애정이 있는 듯.
대나무밭에 걸린 작품이라
더욱 멋져 보인다.

수영구 망미동 F1963
F1963, Mangmi-dong, Suyeong-gu

금정구 청룡동 범어사
Beomeosa, Cheongnyong-dong, Geumjeong-gu

모처럼 만에 올라온 범어사 대웅전!
저만치 발아래로 구름이 흘러
기와지붕들과 멋진 조화를 이룬다.

옹기도
세월이 흘러 역사가 되었다.
담쟁이들이
지붕에 새옷을 입히기 시작했다.

하늘은 거대한 캔버스!
순간을 놓치면 그림도 놓친다.
구름이 거대한 피도기 되어
무리 지어 흘러간다.

과자를 받아먹고
살이 통통하게 오른
갈매기들이
힘차게 비상한다.
내 마음도 덩달아
가볍게 떠오른다.

피카소의 작품이 아니다.

광안리해수욕장의 끝자락에 세워진

'광안리 생선회 특화지역' 상징 조형물이다.

수영구 민락동 광안리해수욕장
Gwangalli Beach, Millak-dong, Suyeong-gu

수영구 남천동
Namcheon-dong, Suyeong-gu

구름은 장난꾸러기?
폭격기들이 출격하고 난 직후의 모습처럼
구름 떼들이 금빛 마린시티 위에서
방사형으로 신비롭게 펼쳐진다.

울산 온산공단
Onsan-Gongdan, Ulsan

멀리 바다 위로 흰 구름이 흘러가고
공장 굴뚝의 연기마저도
평화로워 보이는 어느 오후.

동해와 남해의 경계선은 어디쯤일까?
폭풍우가 지나가는 끝자락에서.

해운대구 송정동
Songjeong-dong, Haeundae-gu

새벽녘,
하늘은
영국의 대표적 화가인
윌리엄 터너의 작품
'전함 테메레르'를
그리려 하는 듯
불타고 있다.

수영구 남천동
Namcheon-dong, Suyeong-gu

부산불꽃축제
Busan International Fireworks Festival

광안리는 불꽃축제를 할 때도
드론 쇼를 할 때도
현수교인 광안대교가 있어
더욱 아름답다.
코로나로 3년 만에 재개된
불꽃축제라
더욱 멋져 보인다.

부산불꽃축제|
Busan International Fireworks Festival

불꽃축제는

광안리 한 가운데

메인 무대가 있는 데서 봐야

제대로 감상할 수 있는데

매년 게으르게도

남천동 집 앞에서

보는 것으로

만족한다.

불꽃이 밤하늘에
한 폭의 그림을 그리듯
멋스럽게 붓을 꺾었다.

부산불꽃축제|
Busan International Fireworks Festival

부산불꽃축제|
Busan International Fireworks Festival

가을은 축제의 계절이다.

부산국제영화제에 이어서

갈수록 인기를 더하는 불꽃축제까지

부산의 위상을 크게 높여주고 있다.

부산불꽃축제
Busan International Fireworks Festival

수영구 광안리
Gwangalli, Suyeong-gu

사람은 태어나서 말을 배우는 데 2년이 걸리지만

말하지 않는 법을 배우고 깨우치는 데는

60년 이상이 걸린다고 한다.

수영구 남천동
Namcheon-dong, Suyeong-gu

광안리에서 보는 해운대는 너무나 화려해

아침부터 눈이 부시다.

Part Ⅱ

Friendly Busan

송정에서 고리 원전의 턱밑까지
예쁜 카페들이 경쟁적으로 들어서고 있다.
자연과 인공건축물의 조화가
어색한 듯 자연스럽다.

기장군 기장읍 기장해안로
Gijanghaean-ro, Gijang-eup, Gijang-gun

해운대구 송정동 구덕포
Gudeokpo, Songjeong-dong, Haeundae-gu

해운대와 송정 바다는
미포와 청사포, 구덕포로
이어진다.
송정의 끝자락 구덕포에는
최근 들어
예쁜 카페와 식당들이
계속 생기고 있다.

우연히 발견한
구덕포 언덕의 열린 정원!
돌과 나무가
조화롭게 잘 어울려
주인의 손길이
느껴진다.

해운대구 송정동 구덕포
Gudeokpo, Songjeong-dong, Haeundae-gu

화석이 된 나무와
잘 정돈된 어린 소나무가
신비한 자태를 뽐내며
정원 한쪽을 지키고 있다.

"Life is what happens."
인생이란 무엇일까?
인간의 끊임없는 질문 가운데
하나이리라.

기장군 기장읍 아난티 코브 부산
Ananti Cove Busan, Gijang-eup, Gijang-gun

제2의 센텀시티가

조성되면

수영강변은

또 한 번

천지개벽을 하겠지?

푸른 하늘의 구름이
아름다운 그림을 그리는 것은
많이 봤지만
봄철 신록의 계절에
각종 다양한 나무들이
이렇게 멋진 그림을
그려낼 줄이야….

남구 대연동 금련산
Geumnyeonsan, Daeyeon-dong, Nam-gu

영화의전당 건물은
부산국제영화제(BIFF)와 함께
부산의 위상을
세계적으로 높이고 있다고
자부한다.

해운대구 수영강변대로 영화의전당
Busan Cinema Center, Suyeonggangbyeon-daero, Haeundae-gu

기장군 철마면 아홉산숲
Ahopsan Forest, Cheolma-myeon, Gijang-gun

아홉산 대나무숲은
영화나 드라마의 촬영 장소로
너무나 유명해
뒤늦게 알고는 자주 간다.

둥근 기념관
건물 한 가운데
이처럼 큰 나무와 정원이
꾸며져 있는 것은
너무나 뜻밖이다.

처마 끝에 매달린
풍경과
외롭게 우뚝 자란
소나무 한 그루
그리고
저 멀리
흰 구름 한 조각.

금정구 청룡동 범어사
Beomeosa, Cheongnyong-dong, Geumjeong-gu

79

고흐의
유명한 그림
'꽃피는 아몬드 나무'를
본 듯한 착각에
놓칠 수 없는 기록으로
남긴다.

해운대구 반여동 수영강변
Suyeonggangbyeon, Banyeo-dong, Haeundae-gu

얼마나 자랐을까?
키 큰 적송 군락지 뒤로
대나무 숲이 병풍처럼
드리워져 있고
소나무 아래로는
키 작은 향나무들이 즐비한
아홉산 대나무숲!

기장군 철마면 아홉산숲
Ahopsan Forest, Cheolma-myeon, Gijang-gun

마주 보는
두 개의 등대!
서로 교감하듯
구름이
빨간 등대와 흰 등대를
이어주고 있다.

수영구 민락동
Millak-dong, Suyeong-gu

앙상한 겨울나무가

추운 날씨를

잘 견뎌내고

가지마다

봄소식을

기다리고 있는 듯하다.

해바라기가 유난히 활짝 피었다.
여름을 앞두고 비가 자주 내린 데다
장맛비까지 흠뻑 내려
꽃들이 너무 좋아하는 모양이다.

수영구 민락동
Millak-dong, Suyeong-gu

수영구 민락동
Millak-dong, Suyeong-gu

양산 통도사 대웅전
Daeungjeon Hall of Tongdosa, Yangsan-si

대웅전 지붕 한가운데로
뾰쪽하게 세워진 조형물이
궁금증을 자아낸다.
무엇일까?
설마 피뢰침?

보리야, 보리야!
차가운 겨울바람 속에
이 물 먹고
무럭무럭
자라주려무나.

한옥 카페의 뒤뜰에 앉아
눈부신 신록과 나지막한 담벼락을 감상하는 기분,
누가 알까?

기장군 철마면
Cheolma-myeon, Gijang-gun

바다 위 축구 경기장?

등대는 야간경기 조명탑?

오륙도가 잡힐 듯

가까운 부산항 북항의 관문이다.

영도구 동삼동에서 본 북항
Port North at Dongsam-dong, Yeongdo-gu

Part III

Exciting Busan

책이 빼곡하게 쌓여있는 것을 보면

괜히 기분이 뿌듯해진다.

마치 창고에

곡식을 가득 채워 둔 것처럼….

부산에도

마침내

테마파크가 문을 열었다.

동부산관광단지 계획이 추진된 이후

20여 년이 된 듯…

많은 사람이 찾으면

좋으련만!

부처님 오신 날을 앞두고
형형색색의 등이
대웅전 앞을 밝히고 있다.

금정구 청룡동 범어사
Beomeosa, Cheongnyong-dong, Geumjeong-gu

양산 통도사
Tongdosa, Yangsan-si

108

우리나라 3보(佛, 法, 僧)
사찰의 하나인 통도사.
부처님의 진신사리가
봉안되어 있는
불보사찰이다.

부처님 오신 날을 맞아
멋진 용이
대웅전 옆 연못을
감싸고 있다.

양산 통도사
Tongdosa, Yangsan-si

수영구 민락동 Millac The Market
Millac The Market, Millak-dong, Suyeong-gu

바닷가에 새로 선보인 신개념의 마켓!
건물의 유리벽 파사드엔
해 질 녘 좋은 그림들이 종종 그려져
행인들의 발길을 붙잡는다.

오래된 건물,
옛것에 대한 가치가
새롭게 조망되고 있다는 것은
반가운 소식이다.

양산 내원사
Naewonsa, Yangsan-si

내원사 대웅전을 오르려면
얼굴과 눈 할 것없이
마구 날아드는 벌레들의 공격을
이겨내야 한다.

그 끝에 만난 대웅전 단청은
눈이 시리도록 화려하다.

수영구 광안리해수욕장
Gwangalli Beach, Suyeong-gu

갈수록 해양스포츠가 다양해지고 있다.
우리의 생활 수준이 나아지면서
점차 많은 사람이
바다로 바다로 나아가고 있다.

포토 스튜디오의 부스에서 직접 사진을 찍고
즉석에서 출력해 기념으로 가져가는 것이
새로운 오락이 된 시대.
포토 스튜디오 입구에서 내 모습 찰칵!

수영구 민락동 Millac The Market
Millac The Market, Millak-dong, Suyeong-gu

대웅전 지붕을 굳건하게 지탱하고 있는 나무들!
기나긴 세월의 무게가
나이테처럼 진하게 남아있다.

사찰 입구에 홀로 우뚝 솟은 소나무 한 그루.
쉬어가던 까치 한 마리가
외로운 비행을 시작한다.

금정구 청룡동 범어사
Beomeosa, Cheongnyong-dong, Geumjeong-gu

많은 사람이 무심히 지나치지만, 백남준의 작품이다.

360도에서 감상할 수 있는 이 작품은

광안리 중심에서

횃불처럼 부산의 번영과

바닷빛 미술관의 발전을 염원하며 세웠다고….

수영구 광안리해수욕장
Gwangalli Beach, Suyeong-gu

조그만 무인도를 돌아가자
몇 개의 섬들이
흰 구름과 함께 다가온다.

경남 고성
Goseong, Gyeongsangnam-do

영도 선착장에서 바라본 북항의 모습.
바닷물이 하늘처럼 한없이 푸르른 날
부산항은 어디서나 그림이다.

영도구 봉래동
Bongnae-dong, Yeongdo-gu

카페의 벽면을 장식한 작품은
그림인가? 사진인가?
아니면 유리창 니머
선착장에 쌓아둔
체인들인가?

경북 청도군 운문사
Unmunsa, Cheongdo-gun, Gyeongsangbuk-do

아주 오래된 반송 한 그루!

그 나무 안으로 수많은 버팀대가 나뭇가지를 지켜주고 있다.

마치 살아온 세월의 무게를 보여주려는 듯….

경북 청도군 운문사
Unmunsa, Cheongdo-gun, Gyeongsangbuk-do

우리는 아파트 공화국에 산다?
아파트가 현대인들의
중요한 주거 공간이 되면서
도시는 갈수록
콘크리트 장벽에 둘러싸이고 있다.
먼 훗날 우리 후손들은
이런 모습을 바라보며
어떤 생각을 할지….

일몰쯤의 구름은
새벽녘과는 또 다르다.
구름이 불꽃처럼 휘몰아치며
하늘 높이 올라간다.

수영구 남천동
Namcheon-dong, Suyeong-gu

광안리에서 즐기는

또 하나의 묘미.

매주 토요일마다

드론 라이트쇼를 하다 보니

기술이 갈수록

향상되고 있는 것 같다.

수영구 광안리 드론 라이트쇼
Drone Light Show, Gwangalli Beach, Suyeong-gu

Part IV

Lovely Busan

해운대구 우동 벡스코
BEXCO, U-dong, Haeundae-gu

인연.

벡스코를 볼 때마다, 2001년 준공을 앞두고

TV 특집 제작을 위해 일본과 홍콩, 싱가포르 등

해외 전시 컨벤션 산업을 취재한 기억이 떠오른다.

한옥이 멋들어진 갤러리 카페에 연못을 만들고
조각 작품까지 세워두니 더욱 운치가 있다.

양산 통도사
Tongdosa, Yangsan-si

기장군 기장읍 흙시루 정원
Heuksiroo, Gijang-eup, Gijang-gun

6월은 단연 수국의 계절이다.
정원의 수국 꽃밭으로
안내하는 꽃길에
작은 꽃들이 아름답게 피었다.

형형색색의 수국들이 미의 향연을 펼치는 듯
수국의 종류가 너무나 많은 것에 놀라고….

기장군 기장읍 흙시루 정원
Heuksiroo, Gijang-eup, Gijang-gun

수국 아래로 이름 모를 풀들조차
꽃을 이쁘게 피우며 계절을 반기고 있다.

기장군 기장읍 흑시루 정원
Heuksiroo, Gijang-eup, Gijang-gun

양산 법기수원지
Beopgi Water Supply Area, Yangsan-si

사람의 발길이
오랫동안 닿지 않은
수원지 언덕.
오래된 반송들이
너무나 멋스러운 곳이다.

작가는 작품으로 말하고
관람객들은 보고…
미술관 전시홀 입구에
내걸린 옷들이
만국기처럼 보인다.

해운대구 우동 부산시립미술관
Busan Museum of Art, U-dong, Haeundae-gu

코로나 시대의 작품 감상법?
그림이 사진보다
더 선명하고 사실적이라면…
이른바 극사실화!
보고 또 보고….

서울 아모레퍼시픽미술관
AmorePacific Museum of Art, Seoul

달리는 열차에서 찍었다는
사진 작품이
보는 이들을 열차 속으로
끌어들이는 듯하다.

서울 아모레퍼시픽미술관
AmorePacific Museum of Art, Seoul

전시회에서

사진 작품을 감상하는

두 여인의 모습이

작품과 너무 잘 어울려

양해를 구하고 찰칵!

가을 들녘엔

어느새

벼가 무르익고 있다.

황금 들녘으로

물들기 직전의 모습은

초록빛 노란 들녘…?

기장군 장안읍
Jangan-eup, Gijang-gun

수영구 민락동
Millak-dong, Suyeong-gu

봄비가 촉촉이 내리고
도롯가에도 분홍 꽃들이 피었다.

해운대구 중동 달맞이언덕
Dalmaji Hill, Jung-dong, Haeundae-gu

따사로운 햇볕이
마치 조명을 비추듯
갤러리 사무실을
비춘다.

바닷가에 살다 보니 은빛 바다는 종종 보는데
이날은 구름이 은빛 비늘처럼 반짝이며 내게로 왔다.

수영구 광안리해수욕장
Gwangalli Beach, Suyeong-gu

"이것은 도대체 무엇인고?"
보이차를 묶어
쌓은 것이라는 설명에
깜짝 놀란다.

기장군 장안읍 보이차 전문점
Puer tea specialty shop, Jangan-eup, Gijang-gun

정원, 어디 꽃들만 예쁘쏘냐?
이름 모를 풀들까지
무성하게 자라
한껏 멋을 뽐내고 있는 듯하다.

기장군 기장읍 흑시루 정원
Heuksiroo, Gijang-eup, Gijang-gun

양산 통도사
Tongdosa, Yangsan-si

이 연못 사진을
볼 때마다
신기하게도
모네의 '수련'이
떠오른다.

기장군 철마면 아홉산숲
Ahopsan Forest, Cheolma-myeon, Gijang-gun

왕대밭에 왕대 난다!
왕대는 어린 죽순부터
크기가 완전히 다르다.

해운대구 우동 마린시티
Haeundae Marine City, U-dong, Haeundae-gu

은빛 바다가 보석처럼 반짝이고
아스라이 오륙도가 보인다.

"세상 모든 것에 감탄하는 지혜로운 사람들의 공간"

호밀밭 homilbooks.com

DEAR
BUSAN 디어 부산

ⓒ 2023, 김성용

지은이	김성용
초판 1쇄 발행	2023년 10월 23일
책임편집	박정은
디자인	전혜정
펴낸이	장현정
펴낸곳	호밀밭
등록	2008년 11월 12일(제338-2008-6호)
주소	부산 수영구 연수로357번길 17-8
전화, 팩스	051-751-8001, 0505-510-4675
홈페이지	homilbooks.com
이메일	homilbooks@naver.com

Published in Korea by Homilbooks Publishing Co., Busan.
Registration No. 338-2008-6.
First press export edition October, 2023.

ISBN   979-11-6826-123-5   03810